魔法少女奇遇記 2

連結友誼的跳轉時鐘

ひみつの魔女フレンズ2巻
心をつなぐ、時間の魔法

著✦宮下惠茉
繪✦子兔
譯✦林謹瓊

那個女孩是誰？
她是個什麼樣的女孩呢？

她跟我是一樣的嗎？
還是完全不同呢？
推開通往未知世界的
那扇門……

我決定要跨越疆界，
從我原本身處的
黑暗世界，
前往那個女孩所在的
嶄新世界。

因為，我有預感，
這麼做
將會帶來一些變化！

目錄
Contents

第2章 露歐卡的故事

人物介紹

Character

★·人類世界·★

山野薰

擁有神奇的魔法卡片，
憧憬魔法的小學四年級生。

小薰的同班同學

亞美

個性開朗，
擅長跳舞。

麗奈

喜歡游泳，
爽朗大方。

花音

沉穩文靜，
擅長英語會話。

人物介紹
Character

★·魔法世界·★

露歐卡

熟知所有魔法的魔女。
魔法學校的四年級生。

香草

負責照顧露歐卡的使魔。

蜜歐娜

露歐卡的母親。
魔法世界裡魔力最強的魔女。

歐奇托

露歐卡的父親。
曾經是有名的魔法師。

前情提要

小薰無意間撿到了一張神奇的魔法卡片，意外走進了魔法大道！不過，這張卡片是魔法世界裡的魔女露歐卡刻意丟掉的……接下來，小薰與露歐卡的故事將會如何發展呢？

第1章

小薰的故事

1

點心派對

「大家準備好了嗎？點心派對現在開始！」

小薰和朋友們齊聚在公園，人手一瓶飲料互相乾杯，小薰仰頭喝下了一大口水蜜桃汽水。

「真好喝！」

因為老師們今天下午要參加學校會議，所以早上的課結束後，學校就放學了。

通常亞美、花音和麗奈下課後，都要去上才藝課，趁著今天下午難得有空閒，大家一起到公園舉行點心派對。

她們將喜歡的野餐墊鋪在芝生廣場的大樹下，各自把帶來的點心放在墊子上，有新上市的洋芋

片、各種口味的軟糖、麗奈媽媽烤的馬芬蛋糕、包裝時尚的外國奶油餅乾等。小薰從家裡帶來圓點圖案的可愛小盤子，將所有點心分別擺放好。派對正式開始！

「馬芬蛋糕鬆鬆軟軟的，好好吃喔！」

「我真幸運！找到唯一的心形軟糖啦！」

「可以打開這包餅乾來吃嗎？」

大家開心的享用點心，同時，小薰不自覺的將手伸進口袋裡，指尖傳來卡片冰涼的觸感。

MARR
Short Bread

「其實……原本打算今天去魔法大道歸還魔法卡片的……」小薰默默的想著。

那是發生在一個月前的事情……

小薰上完鋼琴課後，在回家的路上撿到了這張卡片。那是一張隨著觀看角度不同而

變換顏色的卡片，看起來像是粉紅色，也閃耀著銀色的光芒。

小薰正四處張望著尋找卡片的主人，一時重心不穩，將手撐在路邊的老舊磚牆上。結果，眼前突然閃耀出刺眼光芒，她就這樣進入了魔法大道。

魔法大道上林立著許多商店，販售各種外型奇特的點心、新奇的

時尚美妝品、神奇的文具用品。

小薰隨意逛進一家店，店員姐姐稱她撿到的那張卡片為「魔法卡片」。只要有魔法卡片，就能前往魔法大道，還能用卡片購買魔法大道上販售的魔法道具。

前一陣子，小薰用魔法卡片購買了「旋律指甲油」之後，完全沉醉在魔法道具帶來的神奇效果之中。

但是某天小薰突然意識到一件事：「仔細想想，遺失這張魔法卡片的魔法師，會不會感到很困擾呢？」

他一定是在前往魔法大道的途中，不小心遺落了魔法卡片。

而小薰不只擅自使用卡片買了東西，還一直把卡片占為己有。

「我這樣跟小偷沒什麼兩樣……」

於是，小薰決定再一次前往魔法大道，尋找這張卡片的魔法師主人。

「我必須為擅自使用魔法卡片這件事，慎重的向對方道歉。如果對方願意原諒我，我再接著詢問他願不願意跟我當朋友。」

小薰原本都已經下定決心要這麼做了……

但是，一想到今天一定要把卡片拿去歸還，小薰的內心就開始動搖。

「要是我道歉了，但魔法師不肯原諒我，該怎麼辦？」

「如果對方要我歸還購買魔法道具的五魯恩，又該怎麼辦？」

「我要從哪裡找出五魯恩呀？我根本不知道要怎麼把錢還給魔法師呀！」

不只是如此，若是把魔法卡片物歸原主，那麼小薰就再也沒辦法前往魔法大道了。

想到這裡，小薰就更提不起勇氣歸還魔法卡片了。

「小薰，妳有在聽我說話嗎？」

聽見亞美的聲音，小薰才猛然回過神來。

「啊，真抱歉，我剛剛在發呆。」

大家一聽小薰這麼誠實的回答，都忍不住笑了出來。

「小薰，妳怎麼了啊？」

「是不是吃太飽了，想睡覺呀？」

「嘿嘿嘿，真不好意思……大家剛剛說到哪裡了？」小薰這句話又讓大家不約而同的笑了。

「小薰真是的！」

亞美一邊笑，一邊摘下頭上的帽子。

「妳看！這很棒吧！」亞美將帽子遞了過來。潔白的底色上有著深粉紅色的「MARRYS」字樣。

「MARRYS」是亞美加入的舞團名稱，亞美從小就開始學習舞蹈，還受邀出席許多活動表演，實力備受肯定。

「哇！好可愛！這是舞團訂製的隊員帽嗎？」

「對呀！下次的活動，我會跟我崇拜已久的舞者Mai一起上臺表演喔！這是為了那場活動製作的紀念帽，顏色跟設計都是團員們一起發想的喔！」

「亞美好厲害喔！真是太棒了！」

亞美聽見小薰的讚美，更加興奮的說：

「還有更棒的事喔！」

亞美將帽子翻過來，在帽簷內側有一個用黑筆寫的簽名。

「妳們看！Mai還有幫我簽名喔！我要把這頂帽子當作我的傳家之寶！」

說完後，亞美將帽子緊緊抱在懷中。

「哇！帽子上面有偶像的親筆簽名，這真是世界上獨一無二的寶物呢！」花音笑著對亞美說。

就在這時，突然出現一道黑影「咻」的一聲從兩人之間穿了過去。花音和亞美都嚇了一跳，身體

往後縮了一下。

「砰！」一顆足球從遠處飛落到野餐墊上。

「抱歉！有沒有受傷？」

幾個高年級男生慌張的跑了過來，他們原本在旁邊空地踢足球，結果球不小心飛到芝生廣場這裡來了。

幸好，大家都沒有受傷。

「嚇到妳們了，真的很對不起！」高年級男生垂下頭向她們道歉後，便拿著足球離開了。

「雖然沒有人受傷，但是我們的點心都被球打翻了……」大家正準備收拾，竟然發現了一件令人倒抽一口氣的事。

花音喝到一半的柳橙汁被球撞倒，瓶中的果汁流了出來，而亞美的帽子就在那一灘果汁上面！

「哇！糟了！」小薰馬上將帽子撿起來，但是原本潔白無瑕的帽子已經染上了柳橙汁的顏色。

「我的帽子……」

亞美頓時一臉慘白，震驚到全身無法動彈。

「趕快擦一下，也許還能擦乾淨！」

大家趕緊拿出毛巾，拚命擦拭帽子上的柳橙汁，但是被柳橙汁沾上的地方還是漸漸變成了褐色，形成了顯眼的汙漬。

「怎麼辦……擦不掉……」

亞美愁眉苦臉的看著自己的帽子，感覺快哭出來了。

「亞美，對不起！都是因為我沒有把喝到一半的果汁蓋好就放在旁邊，真的很對不起！」花音一邊說，一邊難過的掉下眼淚。

「這下該怎麼辦……」

小薰與麗奈面面相覷，不知所措。

雖然芝生廣場有規定禁止球類運動，但那些高年級男生是在旁邊的空地踢足球，足球會飛過來完全是場意外。說到底，這件事沒辦法歸咎於誰。

亞美應該也明白這個道理吧……只見她緊咬著下脣，低頭不語。她自己一定也很想哭，但如果她真的哭了，花音會感到更自責，所以亞美才努力忍著不掉眼淚。

小薰又看了一眼亞美的帽子，簽名的地方被渲染出一塊大大的深褐色汙漬。

「唉，除非有神奇的魔法，否則根本不可能去除這汙漬嘛！」

小薰腦中冒出了這個想法，隨即靈光一閃，差點忍不住喊出聲來。

「魔法……對了！只要去魔法大道，一定能找到可以將亞美帽子恢復原狀的魔法道具！」

「我說不定有辦法讓帽子變回原本的樣子！」小薰說。

「啊？真的嗎？」流著眼淚的花音，驚訝的抬起頭來。

「糟了，不小心把心裡想的事情說出口了！」小薰馬上慌張的擠出笑容說：「那個……我只是說可能啦！可能！」

畢竟，小薰只有去過魔法大道一次，也不知道能不能成功再去一次。而且，小薰根本不確定到底有沒有能夠去除汙漬的魔法道具……

不過，花音的表情十分認真。

「既然說可能，那就代表有機會實現嗎？」

「嗯……話是這麼說沒錯啦……」

「那就把帽子交給小薰試試看，怎麼樣呢？」麗奈提出了這個建議。

「怎麼辦呀？」小薰心想。

看著小薰遲疑的模樣，亞美緊緊的抓著小薰的手。

「小薰，拜託妳了！這頂帽子對我來說，是世界上獨一無二的寶物。妳願意幫忙將它變乾淨嗎？就算只是一點點也好……」

亞美開口拜託小薰。

「啊，這……」

這時，花音也對小薰做出了拜託的手勢。

「小薰，請妳幫忙把亞美的帽子變乾淨，要不然我……」

還沒說完，花音的眼眶裡已經充滿了淚水。

「啊啊啊，我知道了，我試試看！」小薰硬著頭皮答應了大家的要求。

「太好了！」花音鬆了一口氣，用手指拭去眼角的淚水。

「那就麻煩小薰了，這頂帽子就先放妳那邊，謝謝妳！」亞美說完，便將帽子遞給小薰。

「嗯！交給我吧！」

MARRYS

2

第二次前往魔法大道

「雖然誇下海口，但是我真的能夠再去一次嗎？」

因為這個突發事件，點心派對提前結束，大家收拾完東西就各自回家了。回到家後，小薰看著亞美的帽子，不禁連連嘆氣。

「本來已經下定決心要將魔法卡片歸還，如果我又用卡片去魔法大道買東西，豈不是更難還給卡片的失主嗎？」

雖然心裡這麼想，但是，這次是為了解決好朋友的問題。

「我只要再去一次就好，歸還卡片的時候，只要好好的向魔法師解釋，對方應該會諒解我吧。」

「決定了，現在就去魔法大道看看！」

小薰將魔法卡片放進口袋，出發前往那條巷子。

「我記得是車站前那條大馬路旁的一條小巷子……」當小薰從熱鬧的大馬路轉進小巷子，周圍瞬間變得冷清。

這一帶還有些新蓋的建築穿插在老屋之間，再往前鑽進更窄的巷子裡，眼前所見盡是一片歷史悠久的老舊房屋。

「好像是走這邊吧……」小薰不停四處張望。

「找到了！」終於發現了似曾相識的老舊紅磚牆，小薰之前就是把魔法卡片按在這面牆上，才得以進入魔法大道。

小薰緊張的用力吞了吞口水，從口袋中拿出魔法卡片。

「真的能成功嗎？」

午後陽光灑落在小薰手中的魔法卡片上，反射出明亮耀眼的光芒。小薰低下頭，再一次看了看裝在提袋裡的亞美的帽子。

「不能再猶豫了，為了亞美跟花音，我一定要去！」

小薰在心中為自己打氣，接

著，使出全力將魔法卡片壓在紅磚牆上。

「啪！」當她將手壓向牆壁的那瞬間，魔法卡片發出了閃耀的光芒。小薰閉上眼仍能感受到一陣強光。

「啊！好刺眼！」小薰緊緊的閉上雙眼，然後小心翼翼的慢慢張開眼睛……

「成功了！太好了！」

小薰眼前出現的，正是林立著眾多魔法商店的魔法大道！

形狀像個杯子蛋糕的商店、有著馬卡龍般繽紛色彩的商店、外觀又窄又高的商店、飄浮著許多彩色氣球的商店。

魔法大道上，有許多造型林林總總、色彩鮮豔迷人的店家。

路上行人的打扮獨樹一格。有人戴著超大的帽子，有人染著一頭彩虹色的頭髮，還有些人看起來奇異特殊，分不清到底是化妝效果，還是原本的模樣。這些各有特色的人，開心的穿梭在魔法大道上。

其中也有人拿著掃帚。

「那個該不會就是『魔法掃帚』？是不是坐上那種掃帚就能

在天空飛翔呢？」

「不曉得魔法有哪些種類呢？」

「能夠隨心所欲的運用魔法，太厲害了吧！」

「真羨慕，我也好想成為魔法師！」

小薰抱著緊張興奮的心情走在魔法大道上，並觀察與自己擦肩而過的年輕女孩們。她們的年紀與小薰差不多，不過穿著打扮十分奇特，就像是參加萬聖節的特殊裝扮。

「要不要去問問那些女孩，看看她們知不知道遺失魔法卡片

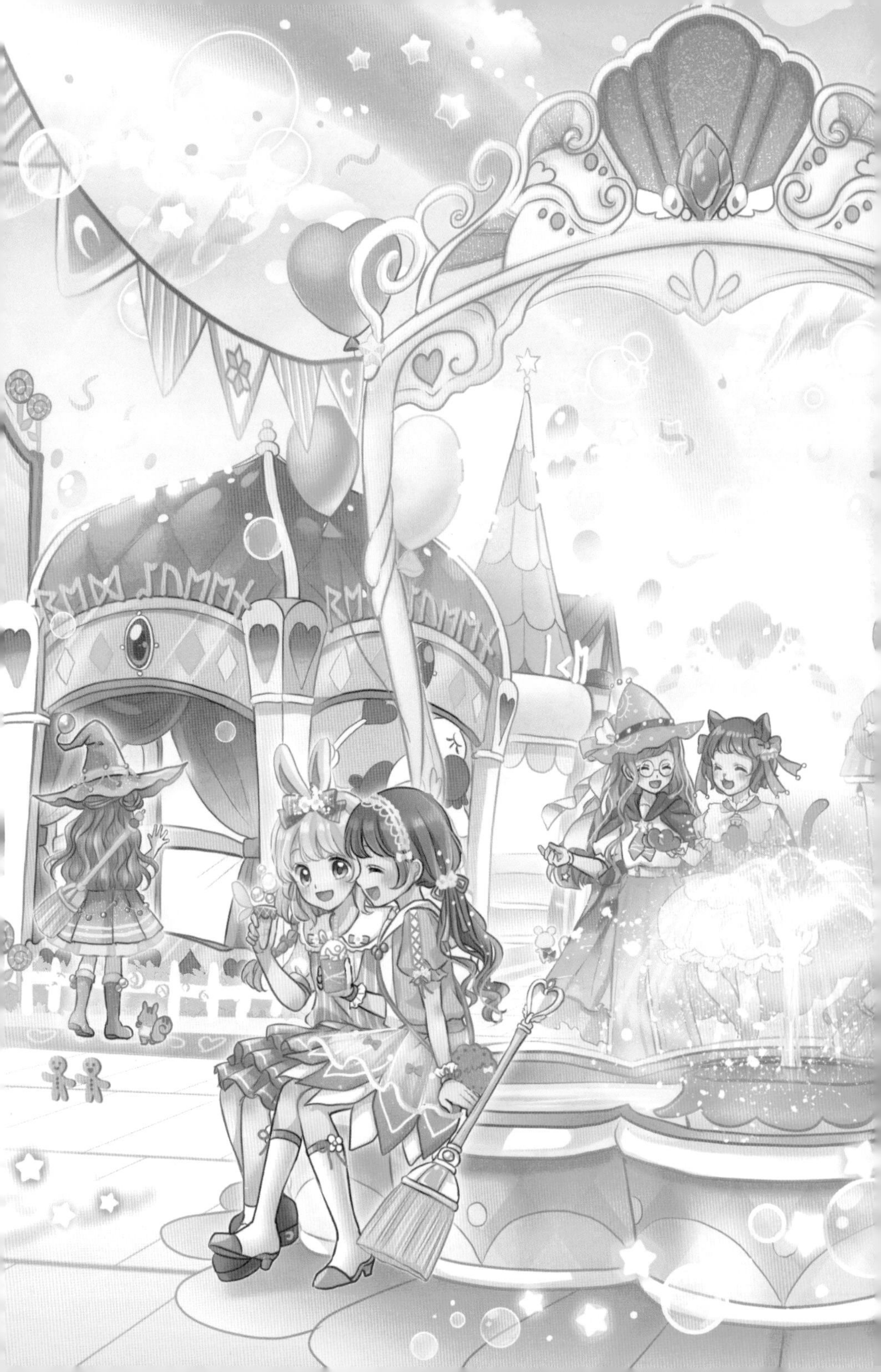

的人是誰？」小薰才剛這麼想，

馬上又打消了念頭。

因為，小薰得先去買能夠讓亞美的帽子變乾淨的魔法道具！

「不知道哪一間店有販賣去除汙漬的道具呢？」小薰一心認為，只要使用魔法道具就能輕鬆將帽子恢復原狀，但是認真想想，她該去哪家店呢？

小薰東張西望，環顧四周：美妝店、雜貨店、衣服店、販售各式各樣甜點飲料的商店……

「咦？『吸血鬼果汁』是什麼呀？不曉得是什麼味道？

哇！那個甜甜圈一直

在旋轉呢！」舉目所見的東西讓小薰目不轉睛、驚呼連連。

「不行不行！我不是來買自己想要的東西啦！」小薰這麼提醒自己，從提袋中取出了亞美的帽子。

「如果想要去除汙漬，是不是該去『魔法洗衣店』呀？」

一路上，小薰看見好多感興趣的商店，但是怎麼找都沒有找到洗衣店。

「怎麼辦……好不容易成功來到魔法大道。這樣下去，根本沒辦法讓亞美的帽子恢復原狀呀！」

正當小薰開始感到焦躁的時候，有兩個女孩剛好從旁邊的店家走出來，差點與小薰撞個正著。

「嗚哇！」

小薰緊急的閃避躲開，不過，那兩個女孩從店門口出來的瞬間，竟然就消失了蹤影。

「啊！因為她們已經買到東西，所以就會直接從魔法大道離開了。」小薰突然想起當初那位店員姐姐曾說過，在魔法大道一次只能買一項魔法道具。

「買東西的時候必須小心，不能出錯。」小薰這麼想著。一抬起頭，隨即被眼前的景象驚艷得說不出話來。

那兩個女孩剛逛完的商店，外觀看起來就像是一份生日禮物。

外牆塗滿了奶油色油漆，商店的最頂端還綁著一個巨大的粉彩色蝴蝶結，結合了粉紅色、淡藍色、薰衣草紫色……好繽紛！

小薰從櫥窗外悄悄的往裡面看，店裡面有好多蝴蝶結造型的商品。剛剛從店裡走出來的女孩，手上似乎也拿著繫有粉彩色蝴蝶結的紙袋。店內用來照明的水晶吊燈上，也繫著許多大大小小的蝴蝶結。

「這家店是賣什麼的呢？」

小薰推開大門，滿懷好奇的走了進去。

RIBBOX
RIBBOX

3

粉彩色的魔法商店

店裡有許多與小薰年紀相仿的女孩。貨架上擺放著筆和筆記本等文具，也有化妝品、零食、衣服、飾品，商品種類相當多。

「原來這裡是販售各式各樣物品的雜貨店呀！」小薰平時逛街，一定會走進這類雜貨店看看。這家店看起來跟小薰去過的店家沒什麼兩樣。

「這家店有賣文具，那應該會有『魔法橡皮擦』或『魔法修正帶』吧？好，我來找找看！」

小薰逛遍了整家店。

店裡販賣著「上面停著一隻真實蝴蝶的筆」、「一翻頁就會唱歌的神奇筆記本」、「在盒子裡玩著推擠遊戲的小玩偶」等等，每一個看起來都好有趣。

「好想知道這些商品能施展出什麼樣的魔法喔！但是又不太

敢開口問店員。」小薰心裡這麼想，探頭看向店內深處。

店員姐姐有一頭蓬鬆的長髮，頭上繫著許多粉彩色的蝴蝶結。她穿著一件設計繁複又華麗的洋裝，裙子上有許多與髮帶同色系的蝴蝶結。簡直就像是蝴蝶結精靈！

「這個姐姐看起來很溫柔，我鼓起勇氣去問問她吧！」小薰暗自下定決心，邁步走向店員姐姐。

「不好意思，這是我朋友很珍惜的帽子，但是不小心弄髒了，請問店裡有沒有能去除這個汙漬的商品呢？」

店員姐姐接過帽子，相當認真的看了看，對小薰露出微笑：

「當然有呀！請往這裡走！」

店員姐姐向小薰招手，帶領小薰走向店的更深處。這裡的擺設與其他展示櫃截然不同。

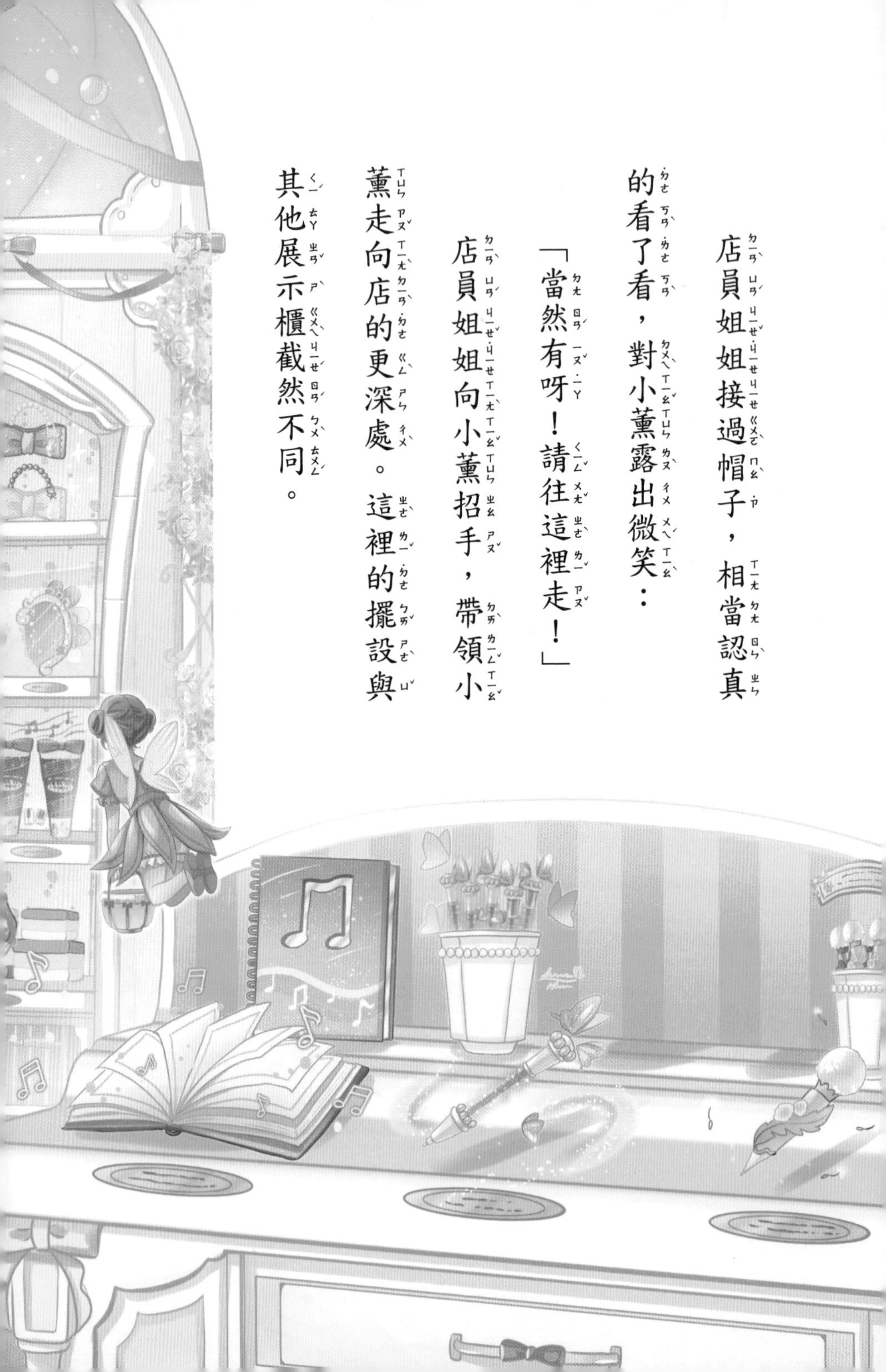

裝飾著金色蝴蝶結的玻璃展示櫃裡，擺放著閃閃發光的飾品，以及看來相當昂貴的手錶。店員姐姐從展示櫃裡取出了一個外型類似碼表的時鐘。

「這件商品可以解決妳的問題喔！」店員姐姐把時鐘放到小薰的手上。

「咦？時鐘？能夠去除汙漬？」

小薰緊張不安的凝視著手上的時鐘：光彩奪目的金色外框，上面還有一條細長的鍊子，這樣就能掛在脖子上了。

跟爸爸媽媽的手錶相比，這個時鐘的錶面大了兩圈，能夠輕易地辨識時間。不過，指針似乎沒有在動，停在數字十二的位置。

「這個好漂亮，但感覺很貴呀。」小薰心想。

「這是『跳轉時鐘』喔！妳知道使用方法嗎？」

聽見店員姐姐這麼問，小薰連忙搖頭：「我不知道……請問該怎麼用這個時鐘去除汙漬呢？」

小薰的疑問讓店員姐姐訝異的瞪大了眼睛，接著，她又笑了起來。

「這個時鐘不是用來去除汙漬的。它可以讓時間倒轉，讓帽子的模樣回到染上汙漬之前。」

「什麼！回到染上汙漬之前？真的辦得到嗎？」

店員姐姐一副疑惑的表情，歪著頭問：「咦？妳不知道嗎？在魔法學校應該有學過『柯羅諾斯』以及『卡伊洛斯』吧？」

「我……我還沒學到這些。」小薰心虛的低下頭，支支吾吾的說。

店員姐姐沒有放在心上，繼續解釋：「『柯羅諾斯』與『卡伊洛斯』是時間之神的名字。只要轉動這個時鐘的長針和短針，就能將時間往回倒轉或向前快轉喔！比方說，想讓新斗篷的質感變成經年累月使用後的柔軟狀態，但是運用魔法卻沒有成功，這時候會想要重新試一次，對吧？這個時鐘就能派上用場了！」

「哇！好厲害！」

這正是小薰需要的魔法道具。

「這樣就可以輕鬆去除帽子的汙漬了吧？」

小薰喜出望外，店員姐姐卻又笑了出來。

「這句話不完全正確，只說對了一半！」

接著，店員姐姐開始認真的說明：「操縱時間的魔法，對成年魔法師來說也相當困難。因為，如果隨意的倒轉或快轉時間，會造成層出不窮的問題。」

「原來是這樣啊，很有道理呢！」小薰一邊傾聽店員姐姐的話，一邊點頭贊同。

「要是有很多魔法師同時倒轉或快轉時間，那時間不就會變得亂七八糟了嗎？」小薰雖然不是魔法師，但還是可以想像出那樣的情況。

「所以呢！使用倒轉時鐘有兩個注意事項喔！」店員姐姐朝著小薰豎起了兩根手指。

「第一，如果要倒轉時間，只能使用在沒有生命的物品上。比方說，不能讓人起死回生；第二，跳轉時鐘一天只能使用兩次，所以操縱時間時要非常謹慎小心喔！」

「好的！我明白了！」小薰用力的點點頭。

「其實我很想實際示範一次給妳看，但是很可惜，這個商品沒有試用品呢！詳細的使用方法再請妳閱讀『使用說明書』喔！不好意思呀！」店員姐姐一臉抱歉，雙手合十向小薰表達歉意。

「只要轉動長針跟短針就行了嗎？這麼簡單，我想我應該沒問題！」小薰心想。

「別這麼說，沒關係，我可以自己學會怎麼使用！」

店員姐姐聽了小薰的回答，相當欣慰的點點頭。

「那麼，確定要買了對嗎？」

「是的！啊，那個……請問，要多少錢呀？」

畢竟是如此金光閃閃還能施展高難度魔法的時鐘，價格肯定不便宜……小薰忐忑不安的開口詢問價格。

從店員姐姐口中，小薰得到了「十五魯恩喔！」的回覆。

「時鐘比指甲油貴了三倍呀，上次花掉了五魯恩，不曉得卡片裡的錢夠不夠呢？」

「請問這張卡片足夠支付嗎？」小薰抱著不安的心情，將魔法卡片遞給店員姐姐。

店員姐姐接過魔法卡片後，在繫著大大蝴蝶結的收銀機上刷了一下。

「足夠喔！這張卡片裡面儲值了很多錢，妳的成績一定很優秀吧！」

「咦？如果成績很優秀的話，魔法卡片裡就會儲值很多錢嗎？」小薰心中充滿疑惑，不過，她還是以笑容來回應店員姐姐。

「那就刷卡付款了！」

「好的，麻煩妳了！」

「叮鈴！」小薰回答後，

店員姐姐再次將魔法卡片刷過收銀機。

跟上一次加起來，總共花了二十魯恩。在店員姐姐包裝商品的時候，小薰目不轉睛的看著魔法卡片。「不知道卡片的主人是誰，這次又使用了卡片，真的很對不起。我下次絕對、肯定會歸還卡片的！」小薰在心裡對那個未曾謀面的卡片失主道歉。

「久等了！商品包裝好了，請收！」

店員姐姐把繫上粉彩色蝴蝶結的可愛紙袋遞到小薰面前，紙袋跟剛剛那些女孩手裡拿的一模一樣。

「哇！太美了！」小薰的讚美讓店員姐姐那塗抹著粉彩色腮紅的臉上露出了微笑。

「嘿嘿嘿，謝謝妳！希望妳朋友的帽子能順利恢復原本的模樣喔！」

「太感謝妳了！」

店員姐姐彎腰送別，小薰拉開店門，踏出了這家店。

4

跳轉時鐘

「哇！」

店門一關上，小薰走到店外的那個瞬間，發現自己又回到了兩側林立著老舊房屋的窄巷之中。

「果然，一買完東西就會回到原本的地方。」小薰將繫著可愛蝴蝶結的紙袋舉到眼前，露出開心的笑容。

「太好了，只要使用這個時鐘，就能讓亞美的帽子恢復原狀了！」

小薰回到家後就馬上走進自己的房間。

「店員姐姐說過，詳細的使用方法要看使用說明書。」小薰從紙袋

裡拿出「跳轉時鐘」，小心翼翼的打開盒子。

「嗯，就跟店員姐姐說的一樣。咦？說明書背面還有字，我看看……這個時鐘由柯羅諾斯與卡伊洛斯的力量打造而成，柯羅諾斯掌管著依指針規律正常運轉的時間，卡伊洛斯掌管著對你具有特殊意義的時間。再次提醒，請遵守使用方法……啊？這是什麼意思呀？」

小薰將使用說明書從頭到尾看了三次，依然是一頭霧水。

「依指針規律正常運轉的時間」與「對你具有特殊意義的時

魔法道具使用說明書

隨心所欲的操縱時間！

柯羅諾斯與卡伊洛斯的跳轉時鐘

魔力★★★★

效果

透過調整長針和短針，
將指針調到你想要快轉
或倒轉的時間點，
就能隨心所欲的操縱時間。

時間範圍

無論是快轉到未來
還是倒轉回過去，
所能調整的時間範圍
最多僅限於一年之內。

注意事項

① 一天只能使用兩次。
② 只能使用於沒有生命的物品。
使用時，請把時鐘鍊子纏繞在
想要快轉或倒轉時間的物品上。
③ 跳轉時鐘十分脆弱，拿取時請
小心謹慎。

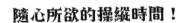

間」之間的區別是什麼呢？

「應該是魔法學校裡會學到的東西吧……」小薰完全不懂這到底是什麼意思。

「總之，把時鐘的鍊子纏繞在帽子上，然後調整時鐘的長針和短針就可以了吧？」

小薰胸有成竹的將金色鍊子纏繞在亞美帽子的帽簷部分，再將長針和短針都調到數字十二的位置。

「因為要倒轉時間，所以應該要把指針往逆時鐘的方向轉才

對吧？」小薰一邊想，一邊謹慎的用手指轉動長針。

「喀、喀、喀！」但是什麼都沒有改變。

「咦！為什麼？是不是要再轉快一點呀？」小薰沒有停下動作，試著一鼓作氣將指針轉得更快一點。

結果，「咻——咻——咻——」突然有一陣小小的旋風將亞美的帽子捲了起來。

「哇！」在小薰驚訝不已的當下，帽子上的汙漬已經消失

得無影無蹤。

「太棒了！」

不過，沉浸在興奮之中的小薰，回過神來卻發現，帽子上面的「Mai」簽名也一起消失了。

「怎麼會這樣？我還以為一切進行得很順利！」手拿著時鐘的小薰看見這樣的情況，當場愣住了。

「啊！原來如此。」

小薰這時才意識到，應該是因為把時間倒轉太多了，才會連

Mai的簽名都一起消失。

「哇，糟了糟了，得趕快恢復到原先的樣子！」小薰這次把長針往另一個方向轉動。

「喀、喀、喀！」

小薰打算把長針轉回到原本的地方，但是……

「咻——咻——咻——」

當包覆住帽子的旋風停止後，果汁的汙漬不僅重新出現在帽子上，帽簷周圍也出現了許多痕跡，帽子變得破破爛爛的。

「啊啊啊！糟糕了！這次又往前快轉太多了啦！帽子變得好破舊呀！」

小薰趕緊想要再次調整，但是指針卻根本無法移動。

「咦！怎麼回事？怎麼會這樣？」

小薰又是用力拉動指針，又是用手拍動時鐘。這時候，「使用說明書」突然無聲的掉落到小薰的膝蓋上面。

「一天只能使用兩次。」小薰看見注意事項，才想起有這麼

一回事。

「記得店員姐姐也說過一樣的話，所以才囑咐一定要謹慎小心的使用。」

「啊！搞砸了！」小薰沮喪的臥倒在床上。

「明天去學校該怎麼向亞美解釋呢？」

原本以為輕輕鬆鬆就能成功，現在別說是去除汙漬了，就連能不能恢復到亞美將帽子交給小薰時的狀態都不知道……小薰腦中浮現出亞美與花音失望傷心的表情……

「不能再沮喪下去了，畢竟只有我才有辦法將亞美的帽子恢復原狀。」小薰重振精神從床上起身。

「好，明天再加油吧！」

小薰擺出了為自己打氣的姿勢。

「好笨……」

就在這時，突然傳來了不知出自何處的聲音。

「啊？」

小薰回頭看，卻什麼也沒有看見，只有窗簾隨風飄蕩。

她戰戰兢兢的拉開窗簾，不過，這裡是大樓的六樓，窗外不可能會有人。

「是我聽錯了嗎？」

5

最後的機會

隔天是星期四，小薰一到學校，就馬上走到亞美的身邊。

「亞美，對不起。我昨天有試過清除汙漬，但沒有成功。」

聽了小薰的話，亞美的臉色瞬間變了。

「該不會變得更糟糕了吧？」

「啊，沒有沒有沒有！」小薰慌張

的揮揮手，接著說：「只是，好像必須再多花點時間才行。明天再把帽子還給妳可以嗎？」

亞美聽完小薰心急的解釋，點點頭說：

「好呀，雖然今天有練舞課，但是不戴帽子也可以，所以沒關係，謝謝妳！」

「太好了！」聽見亞美的回答，小薰鬆了一口氣。

「不過……」

亞美看來有些欲言又止：「星期日就要正式上臺表演了，星期六有彩排，所以明天一定得拿到帽子才行。」

小薰聽了大吃一驚。

「我……我知道了，明天絕對會拿來給妳的。」小薰盡量假裝若無其事的回應，但內心充滿了不安——只剩兩次機會了。

「怎麼辦，我真的能好好運用跳轉時鐘解決問題嗎？」小薰整個人都籠罩在憂慮中，但是也只能努力試試看了。

「好，我今天一定不會再失敗了！」

放學後，小薰一走出教室，就馬不停蹄的往家的方向跑去。到家後，她迅速奔進房間，再卸下書包，接著拉開書桌的抽屜，小心的取出跳轉時鐘。

「拜託這次一定要成功！」小薰朝著時鐘誠心祈禱。

小薰將亞美的帽子放上書桌，用時鐘的鍊子將帽簷部分一圈圈纏繞起來。

小薰深深的吐出一口氣。

「好，要開始了！」

「喀、喀、喀！」小薰謹慎的將長針轉了一圈……兩圈。

「咻——咻——咻——」再次出現了一陣小小的旋風，將帽子捲入其中。

「一旦汙漬消失了，就要馬上停止指針才行。」小薰心裡這麼打算。

「小薰！」房門突然被打開，媽媽從門外探頭進來。

「妳回到家怎麼都不打一聲招呼，有洗手和漱口了嗎？」

小薰嚇了一大跳，慌張的彎下身體，想用身體擋住桌子上的東西，接著說：「我……我到家了，知道了，我馬上就去！」

「哎呀，妳剛剛在做什麼？」聽見小薰的回答，媽媽皺了皺眉頭，想看看桌子上有什麼。

「什麼也沒做！妳快點出去啦！」小薰忍不住提高音量。

「妳這是什麼語氣，是叛逆期到了嗎？」

媽媽一邊碎念，一邊走出了小薰的房間。

「慘了慘了，亞美的帽子……」小薰手忙腳亂不知該如何是好。

「咻——咻——咻——」眼前是一陣比之前都還要大的旋風，將桌上的帽子完全捲裹起來。

「啊啊啊，這是什麼呀？怎麼會變成這樣？」小薰嚇得大驚失色。

「咻——咻——咻——」

「呼！旋風終於消散了！」

小薰心驚膽跳的查看，桌上只剩下白色、粉紅色與紅色的棉線團。

「什……什麼！這是怎麼一回事？」

小薰看向跳轉時鐘，嚇了一大跳，不只是長針，連短針也劇

烈的轉動著。

「哇！完蛋了！時鐘的指針倒轉過頭了！」

這麼看來，倒轉的進度越過了帽子全新的時期，回到成為帽子之前的棉線狀態了。

「得快點調回去才行！」

此時，小薰想起了亞美今天說的話：「明天一定得拿到帽子才行……」

「啊，我答應亞美明天一定會把帽子帶去學校還給她！」也就是說，小薰只剩下最後一次機會。

「絕對……絕對不容許再次失敗！還是我現在趕快再去一趟魔法大道，請那位店員姐姐幫我調整時間呢？」

「不過，今天媽媽在家。看媽媽剛才的反應，如果現在要出門，她一定會追問我要去哪裡。」

「嗚嗚嗚，這樣下去，明天根本沒辦法把帽子還給亞美啦！」

小薰煩惱的抱頭倒在床上。

「別說是帽子的汙漬了，現

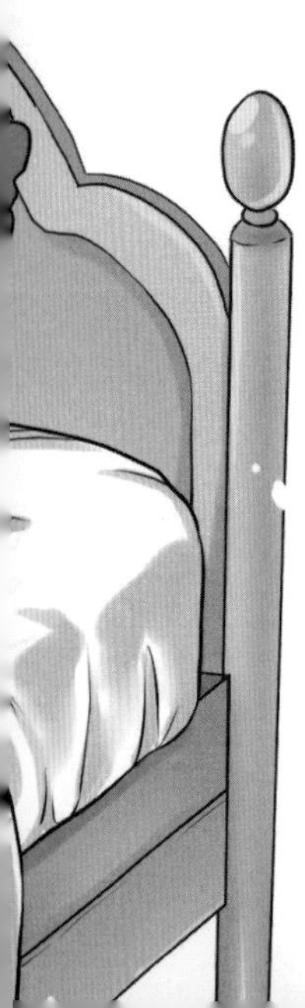

在帽子甚至變成了好幾團棉線。要是拿著這樣的東西還給亞美，她一定會大哭吧！花音也許也會跟著一起哭……」

「哎呀！早知道就不要多管閒事了。」小薰起初只是因為看朋友這麼困擾，想幫上一點忙。就只是這麼簡單的理由而已。

淚水從小薰的眼眶中不停冒出來，小薰眼前一片模糊。

就在這時……

「好笨……」

「咦？」小薰又聽見了這個聲音。

小薰驚訝的抬起頭，才發現窗戶不知何時被打開，窗簾隨風飄揚。而窗簾後，似乎映照出一個人影。

「妳到底在做什麼呀？真是笨手笨腳的！」

小薰被眼前的場景嚇得目瞪口呆，在窗簾的另一側，竟然有一個戴著奇怪帽子，穿著披風的長髮女孩！

「妳……妳是誰？妳是從什麼時候開始坐在那裡的？」

那個長髮女孩沒有回答，只是目不轉睛的盯著小薰看。小薰看見女孩的臉，頓時也愣住了。

她竟然長得跟小薰一模一樣。

「這個女孩到底是誰？為什麼跟我長得這麼像呢？」

她的背上揹了一支掃帚，頭上戴著一頂造型奇特的帽子，肩上圍著一件夜空色的披風。

「不會吧……」小薰的心臟如擂鼓般急速高昂的跳動。

「這個女孩，該不會是魔法師吧？」

「難道她是魔法卡片的主人嗎？」

小薰無法將目光從她身上移開，而窗簾仍在強風吹襲之下，高高的在空中揚起。

第2章

露歐卡的故事

1

令人在意的那個女孩

「終於有動靜了！」露歐卡緊張的吞了吞口水。

使魔香草告訴她，她的魔法卡片被任意使用。從那之後，露歐卡每天都會用魔法鏡密切觀察那個人類女孩。

一般來說，普通的魔法師並不會與人類產生任何關連。而人類世界極少有人知道魔法師的存在。

一旦發生了人類力量無法解決的問題，人類世界的代表就會向魔法界尋求協助。於是，屈指可數的優秀魔法師會在不為人知的狀況下，用魔法為人類解決困擾。

露歐卡聽說，自己的父親歐奇托就是在前往人類世界的時候，遇上了意外而不幸喪命的。即便如此，露歐卡的母親蜜歐娜依舊為了幫助人類而頻繁前往人類世界，經常讓露歐卡一個人待在家裡。

「爸爸就是因為人類才會死掉，為什麼媽媽還是要去幫助人類？」露歐卡一直百思不得其解。

「沒想到丟掉魔法卡片竟然成了我與人類世界接觸的契機，真是諷刺。」凝視著魔法鏡的露歐卡不禁這麼想。

那個女孩持有的魔法卡片，是露歐卡刻意丟棄的。

對魔法尚不熟練的初階魔法師，會透過魔法卡片前往魔法大

道採購物品。

露歐卡在獨自看家期間，讀遍了家裡的魔法書，已經練就了一身不亞於成年魔法師的魔力，不需要憑藉卡片也能自由出入魔法大道。

事實上，露歐卡根本也沒有去那裡的需要。因此收到蜜歐娜送來的魔法卡片時，露歐卡忍不住心生委屈。

「媽媽根本一點也不了解我！」

沒想到，那天露歐卡丟進溫布康特沼澤裡的魔法卡片，竟然出現在一個與露歐卡長相神似的人類女孩手中。這件事引發了露歐卡的好奇心。

露歐卡曾經在魔法書上讀到，人類因為無法運用魔法，在生活上有許多不便。所以，那個人類使用了魔法道具之後，絕對會再次前往魔法大道。

露歐卡對此堅信不移。

不過，那個女孩卻只是經常把卡片從抽屜裡拿出來看了看又放回去，一直沒有前往魔法大道。

「為什麼不去呢？她明明知道那張魔法卡片可以做到很多事情啊！」露歐卡感到不解。

那個女孩的容貌與露歐卡的十分相像，無論是大大的眼睛裡黑白分明的瞳孔，還是鼻子的形狀，就連尖尖的下巴以及稍大的門牙，相似度也都高得驚人。

這也讓露歐卡持續關注那個女孩的動向。

「喂！露歐卡！妳也該把魔法鏡還給我了吧！」香草從露歐卡手中將魔法鏡拿了回來，藏進身上蓬鬆的毛髮裡。

「妳每天只能窺探人類世界一次。蜜歐娜大人給我這個魔法鏡是用來與她聯絡的，這可不是妳的玩具！」

香草喋喋不休的繼續說：「那個人類女孩的事一點也不重要，妳現在該做的是去上學！妳再這樣繼續請假，老師就會開始起疑心了喔！」

香草情緒激動，圓滾滾的身體跳上跳下，像顆毛茸茸的球。

「別擔心，我早就全部安排好了。」露歐卡一臉處之泰然的表情。

其實，露歐卡沒有打算再去上課。反正，就算不去學校，她也早已經學會成年魔法師該掌握的魔法技巧了。再加上露歐卡在學校沒有朋友，即便她不去上學，也沒有任何人會在意。

「難得妳有天賦異稟的魔法才能，絕對不能浪費在這種用途上呀！」

「香草意見真多！」

所謂的「使魔」就如同家僕，應該要聽從魔法師的指示才對。但香草卻總是對露歐卡長篇大論的說教。

「唉，那個女孩到底什麼時候會再去魔法大道呢？」露歐卡悶悶不樂的想著。

正當露歐卡等得不耐煩的時候，那個人類女孩終於前往魔法大道了。

「總算等到了！」露歐卡衝勁十足的準備前往魔法大道。

就算沒有魔法卡片也無所謂，露歐卡在空中畫出一個「穿梭魔法陣」，大聲念出咒語。穿過閃耀著白色光芒的魔法陣，另一端正是魔法大道，許多魔法師正走在大道上。

「我得小心別被班上的同學看見。」露歐卡把帽簷壓低，左顧右盼的觀察四周。

過沒多久，她就發現了那個人類女孩。

「在那裡！」

露歐卡悄悄的跟在她後頭，很想知道她接下來要買什麼樣的魔法道具。

「我猜……她應該會買『可以自動冒出錢的精靈錢包』，或是『能看出速配程度的邱比特筆』，不然就是『能解出考卷答案

的小矮人筆記本』……之類的東西吧！畢竟，單靠人類自己的力量，根本什麼問題都解決不了。」

但是，結果卻令露歐卡出乎意料。

那個女孩買的是「柯羅諾斯與卡伊洛斯的跳轉時鐘」，而且，她不是為自己而買，而是為了朋友。

「真是莫名其妙！」露歐卡不由得生起氣來。

難得可以買到魔法道具來實現各種願望，她卻專程為了幫助朋友而使用魔法卡片，真是讓人無法理解。

「朋友真的有那麼重要嗎？」露歐卡十分不解。

眾所周知，露歐卡的母親是魔法界以魔力高強著稱的蜜歐娜，因此露歐卡一直活在他人的目光下。

所有人都以「蜜歐娜的女兒」這個身分看待露歐

卡，與她保持距離。就是因為這樣，露歐卡連一個朋友也沒有。

「朋友那種東西我才不稀罕！」

露歐卡一直抱持著這樣的想法，但是那個女孩來到魔法大道尋找魔法道具的原因，竟然是不想讓兩個朋友不開心，想解決她們的困擾。

那個女孩一心只想為朋友做些什麼，露歐卡感到難以置信。

「露歐卡，妳該不會想繼續這樣，一路追著那個女孩到人類世界去吧？」香草從披風裡鑽出頭來說道。

「就算妳懂得運用高難度的魔法，也不能這麼做！前往人類世界，一定要透過正式的申請程序才行！」

雖然香草這麼說，但露歐卡還是一副毫不在意的模樣。

「只要不被發現就沒事了啦！」

身為魔法學校的學生，一定要憑藉著魔法卡片才到得了魔法大道，前往人類世界更是得大費周章。必須向魔法界的公家機關提交申請文件，通過極為艱難的考試，取得「魔法界認證魔法師」的資格後才能前往。

「這根本不是有沒有被發現的問題！」香草圓滾滾的身體，因為怒氣而顯得更圓了。

「妳應該知道，如果沒有『魔法界認證魔法師』的證明，在人類世界待一個小時以上會發生什麼事吧？妳會被自己畫的魔法陣吞噬，從此再也出不來了！」

「這種事還用得著你來告訴我嗎？」

露歐卡在香草面前用手指畫出了一個小小的魔法陣。

「你先睡一下吧！」

說完後，香草的眼珠轉呀轉的就閉上了雙眼，隨即就打呼了。

露歐卡迅速將香草收進披風。

「我得趕緊去追那個女孩。」

✦

在沒有取得認證的情況下前往人類世界，需要施展非常強大的魔法。露歐卡為了避人耳目，彎進了大馬路邊的窄巷。以防萬一，露歐卡謹慎的環顧四周，只看見一隻黑貓蜷伏在路邊。

露歐卡穿越了魔法陣，前往人類世界。到達之後，露歐卡便開始觀察那個女孩的一舉一動，一切果然不出所料——

「跳轉時鐘」一天就只能使用兩次，那個女孩還老是出錯。

看她昨天把時間倒轉太多了，連朋友最珍惜的偶像簽名都消失了。再試一次，結果又快轉過頭，帽子變得破破爛爛的。

露歐卡實在看不下去，於是偷偷用魔法讓說明書掉落在女孩的膝蓋上，提醒她「仔細閱讀使用說明書」。

今天再去看那個女孩，沒想到她不小心讓時間倒轉到太久以前，帽子居然回到了材料狀態，變成了一堆棉線。

露歐卡在窗戶另一端看著女孩灰心喪氣的模樣，再也忍不住了。她彈了一下響指，女孩房間的窗戶隨即無聲的敞開了。

2
左右命運的相遇

「好笨……」

「咦？」人類女孩抬起頭看向聲音的來源。

在看見露歐卡的臉之後，她驚訝的瞪大眼睛。那個眼神，感覺像是因為初次看見魔法師而感到害怕。

「妳到底在做什麼呀？真是笨手笨腳的！」露歐卡相當不耐煩的

說道。

聽見露歐卡這麼說，那個女孩用困惑的語氣詢問：「妳……妳是誰？妳是從什麼時候開始坐在那裡的？」

「我是露歐卡，妳呢？」

「我……我的名字叫小薰。」

「這名字真奇怪。」正當露歐卡冒出這個想法，小薰迅速的起身，向露歐卡靠近。

「那個，妳是魔法師嗎？妳不覺得我們的長相有點相似嗎？」

露歐卡一驚，因為她腦中想的也是同樣的事情。不過，為了掩飾自己的心思，露歐卡裝著一副不以為然的樣子回答：「怎麼可能！」

「還有另一件不可思議的事情。我的名字『小薰』與妳的名字『露歐卡』的讀音[1]恰巧是相反的。妳不覺得這一切並非只是偶然嗎？」小薰用帶著興奮的語氣說。

---

1 編註：主角「小薰」的日文發音為KAORU，而「露歐卡」的日文發音為RUOKA，兩者的讀音剛好是相反的。

「咦！真的呢。」

原本露歐卡只是認為「小薰」這個名字聽起來有點奇怪，如果反過來念，的確就會變成自己的名字了。

「世界上真的有這麼巧的事情嗎？」

「她明明只是個普通人類，卻意外的聰明。而且，原本以為她看到我會害怕，現在看來似乎也沒有。」露歐卡心裡這麼想。

這引發起露歐卡的好奇心。她故作鎮定的說：「話說回來，妳是在哪裡買到那個『跳轉時鐘』的呢？」

聽到露歐卡的提問，小薰瞬間大驚失色。

會有這種反應也是情理之中的事，因為小薰不僅擅自使用露歐卡的魔法卡片前往魔法大道購買魔法道具，更糟糕的是，她還使用了兩次。

不過，有一點不尋常——當初露歐卡把魔法卡片丟進了森林深處的溫布康特沼澤裡，溫布康特沼澤連接著另一個世界，據說掉到沼澤裡的東西就再也拿不回來了。

「若真是如此，這個女孩是怎麼拿到魔法卡片的呢？」

「這個是……嗯……」小薰侷促不安，忐忑的握緊雙手，隨即又放開。

「那我來幫妳說——妳使用魔法卡片前往魔法大道，還用魔法卡片購買了這個『跳轉時鐘』。我說對了嗎？」

露歐卡這番話讓小薰花容失色。

「妳……妳怎麼會知道？該不會……那張卡片是妳的？」

「就是這樣沒錯！」

沒想到，露歐卡對小薰提出尖銳的質疑之後，原本驚惶失措

的小薰，卻立刻露出開心的笑容。

「咦？」露歐卡還在為此驚訝，小薰一把抓住露歐卡的手，緊緊握住。

「太好了！我一直都想跟魔法卡片的主人

道歉，但不知道如何才能找出失主，煩惱很久了。啊，對了！」

小薰完全沒有注意到露歐卡還沉浸於驚訝中，突然挺直了腰背，認真的對露歐卡說：

「露歐卡，擅自使用了妳珍貴的卡片，非常抱歉。我買了兩項魔法道具，總共花了二十魯恩，真的很對不起。」

小薰說完後，彎下腰向露歐卡深深的鞠躬致歉。

「啊？這又是怎麼回事？突然道歉起來！」露歐卡嚇了一跳。

「不過，我也有一些苦衷。」小薰走到露歐卡的面前。

「起初，我並不知道這張卡片是屬於魔法師的。初次意外的前往魔法大道時，我依照商店裡店員姐姐的指示，把卡片遞給她。店員姐姐就這樣直接刷卡付款了。我並不是存心想要偷刷妳的卡。啊，但第二次使用就是在完全知情的情況下了。說到底還是我的錯。」

小薰說話時，臉上的表情也隨之生動的變換。露歐卡看在眼裡，內心只感到不可思議。

「我以為她知道我是魔法卡片的主人之後，會驚慌不安，沒想到她表現得如此稀鬆平常。」露歐卡心想。

「露歐卡妳有在聽我講話嗎？」小薰用力眨了眨眼睛，舉起手在露歐卡的眼睛前方揮舞。

露歐卡回過神，裝出一副認真嚴肅的樣子。

「妳這麼問真是沒禮貌，我當然有在聽。」

「我真的感到很抱歉！妳願意原諒我嗎？」小薰惴惴不安的看向露歐卡。

「這個女孩是在請求我的原諒嗎？」露歐卡此刻的心情有點

困惑。

老實說，小薰擅自使用魔法卡片，對露歐卡來說不痛不癢。甚至從另一個角度來看，小薰用魔法卡片來購物，也讓露歐卡丟棄卡片以及不上學的事情，沒有被蜜歐娜發現。

「那我就原諒妳吧！」露歐卡正打算開口這麼說，卻臨時打消了念頭。

如果這麼輕易就原諒小薰的話，小薰一定會把魔法卡片歸還給她，這麼一來，露歐卡就再也沒有理由與小薰見面了。

「我不希望這樣。」露歐卡心想。
除了對人類抱持好奇心之外，她也想進一步認識小薰，想跟她成為朋友。
「怎麼可能這麼簡單就原諒妳呢！」露歐卡「哼」的一聲，擺出高高在上的姿態。
「我要看妳之後的表現，再決定要不要原諒妳。」
「也對，妳說的沒錯。」小薰整

個人看起來垂頭喪氣的。

「咦，她為什麼變得這麼沮喪？是不是我口氣太凶啦？」

慌張的露歐卡又開口詢問：「先別說這個了，我想知道妳是在哪裡拿到這張卡片的。」

小薰意志消沉的回答：「上完鋼琴課後，在回家的路上撿到的，當時只覺得這是一張很漂亮的卡片。」

「竟然掉在人類世界的路上？所以……溫布康特沼澤是連接到人類世界嗎？」

露歐卡十分震驚，但是為了不顯露情緒，她板起臉來一句話也不說。

「然後，我剛好把拿著卡片的手放在牆壁上，就這樣進入了那條奇妙的街道。我偶然走入一間商店，透過店員姐姐的說明才知道，那裡叫魔法大道，是一條開設著許多魔法商店的街道！」

小薰的語氣雀躍起來。

「露歐卡，妳也是魔女對嗎？因為妳這身打扮一看就是一個魔法師！」

小薰以崇拜的眼神盯著露歐卡。被那樣專注的視線打量著，露歐卡感到有些不好意思。

「我好羨慕妳，能夠施展魔法，應該沒有做不到的事情吧？真好！」

小薰這句天真的話語，讓露歐卡聽了有些生氣。

「妳在說什麼啊？身為魔法師才沒有妳說的那麼好呢！」

3

小薰的請求

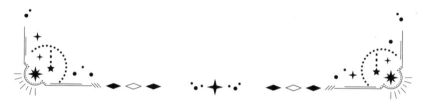

這時候，睡眼惺忪的香草突然從披風裡冒出頭來。

「露歐卡！妳是不是用魔法讓我睡著了？妳這孩子真的是……」

「哇！好可愛！動物竟然會說話！」小薰發出了一聲驚呼。

香草回過神，瞬間被嚇得目瞪口呆。

「什麼！為什麼我們在這個女孩家裡？」

無視驚訝的香草，小薰詢問露歐卡：「這是妳的寵物嗎？竟然會說話，真不愧是魔法師的寵物！」

小薰一說完，氣呼呼的香草將身體鼓起，像顆球似的。

「居然說我是寵物！真是沒有禮貌！我是使魔！」

「哇！全身圓滾滾的！好可愛！」小薰一臉欣喜的讚賞香草。

露歐卡實在是受不了。

「我說妳啊，還有空關心香草，那頂帽子如果沒有恢復原狀，不會讓妳很困擾嗎？」

「啊！妳說的對！」小薰拿起那堆棉線團，用哀求的眼神凝望著露歐卡。

「露歐卡，拜託妳，可以把這些棉線變成被果汁弄髒之前的帽子嗎？」

這種事情對露歐卡來說，根本是輕而易舉。不過，露歐卡此刻想要捉弄一下小薰。

「既然有這個『跳轉時鐘』，妳自己把帽子恢復原狀不就好了嗎？」

「可是，我昨天有試，但失敗了，今天也已經失敗了一次……明天一定要把帽子還給亞美才行。只剩下一次機會了，我沒有信心能夠成功。」小薰沮喪的看著跳轉時鐘。

「那頂帽子不是妳的吧？」

聽見露歐卡這麼問，小薰點點頭。

「是這樣沒錯……」

「既然如此，何必這麼拚命呀！」

小薰用力的搖搖頭，說道：「因為這個對亞美來說是非常重要的東西，這頂帽子也影響了亞美和花音的友情，所以無論如何，我都想讓帽子恢復原狀。」

小薰這麼努力解釋的樣子一點也不有趣，露歐卡想繼續說些反駁小薰的話。

「她們兩個的友情變得如何，也跟妳無關吧？讓她們去吵架就好了啊！」

露歐卡話才剛說完，小薰就立刻回應：「我不想要這樣。」

「為什麼？」

小薰語氣堅定的說：「因為她們都是我最重要的朋友。」

小薰的回答讓露歐卡感到驚訝無比，且難以置信。

「為什麼會為了朋友這麼努力呢？」

露歐卡審視著小薰。

「這個女孩真的很奇怪。」

「所以，拜託妳了，請妳幫忙把帽子恢復成原本的樣子！」

小薰帶著祈求的表情，一步步逼近露歐卡。露歐卡被小薰這番屹立不搖的魄力折服了。

「好啦，我知道了。妳的毅力真是驚人。」

「嘿，露歐卡，妳真的要幫她嗎？如果要為人類提供協助，一定要透過正式的申請程序……」香草又從披風裡探出頭，喋喋不休的說著。

「我知道！」

露歐卡把香草強行推回披風裡，並對小薰說：「妳剛剛聽到香草說的話了吧？魔法師是不能輕易出手幫助人類的。」

「怎麼會這樣……」小薰的眼淚在眼眶裡打轉，就快要哭出來了。

「所以我才叫妳自己想辦法啊，就用那個『跳轉時鐘』。」

露歐卡的手指向跳轉時鐘。

「但……但是我根本就不知道該怎麼好好運用它。」

露歐卡對小薰這句話，不可置信的「嗯」了一聲。

「好！我現在會告訴妳，怎麼使用才是對的。」

露歐卡拿起跳轉時鐘，接著說：「聽好了，操縱時間的魔法具有相當難度，如果想要倒轉到精確的時間點，訣竅就是必須在帽子處於『最佳狀態』時的地點使用跳轉時鐘。」

「如果是這樣的話，地點就是公園！」露歐卡的建議讓小薰激動的提高了音量。

小薰急急忙忙的抓起書桌上的棉線想出門，但又突然停下動作，深深的嘆了一口氣。

「但是我現在沒辦法去公園。如果我說要出門，媽媽一定會質疑我要去哪裡，要做什麼事情。」

露歐卡不以為意的應和了一聲，將手臂交叉在胸前說：

「那麼……只要不被發現，就可以去公園了吧？」

4

時間的光芒

「哇！哇！就像在坐雲霄飛車一樣！」待在露歐卡背後的小薰興奮的不停高聲喊叫。

「小聲一點，雖然別人看不見我們，但還是聽得到妳的聲音。」

露歐卡轉頭嚴厲的對小薰說。

此刻，露歐卡與小薰正飛在空中。她們乘坐在魔法掃帚上，朝向公園飛去。

迎面吹來的風，微苦但也帶著些許甜味，是一種奇妙的氣味；腳下一望無垠的景色，與魔法世界完全不同。可以看見高樓大廈鱗次櫛比，各式各樣的交通工具來回穿梭。

「原來人類世界是這樣呀……媽媽和曾去人間的爸爸都在這裡執行過什麼樣的任務呢？媽媽又是如何幫助人類的呢？」露歐卡一邊看著快速變化的景色，一邊想著這些問題。

「露歐卡，公園到了，就是那裡！」小薰拍拍露歐卡的背部提醒她。露歐卡這才驚醒過來，趕緊調轉方向。

露歐卡有些手忙腳亂的降落在地面上。

芝生廣場上，一些孩子正在玩耍，但他們都沒有發現降落在地面的露歐卡與小薰。

「露歐卡，妳不只使用掃帚飛行，還降落到這麼多人的地方。要是被剛好來到人類世界的蜜歐娜大人發現怎麼辦？」

香草焦躁不安的四處張望。

「你真是多話，都是因為你說我不能幫助人類使用魔法，我們現在才會來到這裡啊。好了，趕快開始吧！」

「喔，好！」接收到露歐卡的催促，小薰懷抱著緊張的心情，坐在那天她們舉辦點心派對的地方。

小薰從包包裡拿出棉線團與跳轉時鐘。

「仔細聽了，妳必須要以固定的速度轉動指針，不要太用力。同時要在腦中想像，希望帽子恢復到什麼樣的狀態，想的時候要抱著強烈的意志，但是也不要操之過急。畢竟我們為了找回那個理想狀態，還特地回到這個地方了。」

「這……我辦得到嗎？」小薰沒有信心的喃喃自語著。

「不要懷疑自己不能辦到，而是要相信自己一定辦得到！如果妳不相信自己的力量，那就沒辦法讓魔法發揮作用了。」

聽到露歐卡語氣堅定的提醒，小薰打起精神，挺直背脊說：「好的！」

「我剛剛說的是『卡伊洛斯的時間』。這與時鐘顯示出的正常時間不同，它會反映出妳心中想像的時間點，以及對妳來說意義非凡的時間點。」

「我好像有點聽懂，但又有點不太懂。總之，我先試試看！就像露歐卡妳說的，如果先懷疑自己辦不到，那就做什麼都不會成功了。」

帽子的棉線團就放在小薰的膝蓋上，小薰用跳轉時鐘的鍊子纏繞住棉線團，依照露歐卡的指示，以固定的速度轉動指針，同時在心裡專注的描繪出帽子的理想樣貌。

「喀拉、喀拉、喀拉、喀拉！」

一圈、兩圈、三圈、四圈……

鍊子纏繞的地方捲起了一陣旋風，旋風將棉線團包覆其中。然後，旋風又變得更大了一點。

「咻——咻——咻——」

「不可以太心急。」

小薰聽見露歐卡的提醒，謹慎的點點

頭回應。

「慢慢的，一點、一點的……」

「咻——咻——咻——」

「我要把這頂帽子當作我的傳家之寶！」

小薰想起了亞美說這句話時，把帽子緊緊抱在懷裡

的樣子。就在這時候——

「咻」的一聲，旋風停了下來，棉線團變回到亞美那頂帽子的全新狀態。小薰戰戰兢兢的拿起帽子，翻過來確認帽簷的部分。

「好厲害，真的回到原本的樣子了！」小薰將帽簷的內側展示給露歐卡看，上面有個以黑筆寫下的簽名。

「太好了！因為妳運用了魔法道具呀！」

露歐卡剛說完，小薰突然衝上前抱住她。

「哇！成功變回來真是太好了。露歐卡，謝謝妳教我怎麼使用跳轉時鐘！」

「啊？怎麼回事？」太過震驚的露歐卡全身僵硬，無法動彈。小薰卻依然緊緊的抱著露歐卡不放。

「魔法真的好厲害喔！露歐卡能來真是太好了！」小薰這句話讓露歐卡的雙頰

瞬間變得通紅。

從小到大，露歐卡因為施展魔法而被稱讚「好厲害」的經驗數不勝數。但是，那種稱讚背後其實帶著「露歐卡就是與眾不同」的暗諷意味。

「因為妳是蜜歐娜的女兒，所以很特別。」

「妳這種人就是跟我們不一樣。」

這些讚美在露歐卡耳裡，反而帶著諷刺。因此露歐卡很討厭別人稱讚她。

不過，小薰對露歐卡的讚美，與她以往聽過的截然不同。究竟是哪裡不同，露歐卡也說不出所以然，但是，「她不只稱讚我『好厲害』，也對我說『謝謝』！」

說不定，這是露歐卡有生以來第一次聽見有人對她說出感謝。只是簡單的一句話，但在聽到的當下，露歐卡感到內心深處有一陣暖意漸漸蔓延，這是以前所沒有過的感覺。

看著小薰歡欣鼓舞的模樣，露歐卡的心情似乎也雀躍起來。

「亞美和花音如果看見帽子恢復原狀，一定也會很高興的。

啊！真是太好了！這全都要歸功於露歐卡，真的太謝謝妳了！」

「我又不是為了讓妳的朋友開心才使用魔法的！」露歐卡聽見小薰這麼說，默默在心裡這麼想。

「說的沒錯，人類本來就經常受到魔法師的幫助喔！」香草搖搖晃晃的從披風裡走出來，擺出自豪的姿態說道。

「咦？是這樣嗎？」

香草將身體鼓得圓圓的，回應小薰的疑問：「是啊！露歐卡的母親蜜歐娜大人，可是魔法界以魔力強大而聞名的魔女呢！蜜歐娜大人會在人類有麻煩的時候來到人類世界，悄悄的運用魔法解決問題！

「香草！真是的，別再說這些多餘的話了。」露歐卡默默的在香草身上施展魔法。

「嗚嗚！嗚嗚嗚！」

香草的嘴巴突然張不開了，牠只能把話悶在嘴裡，用力怒瞪著露歐卡。

「咦？怎麼突然就不說話了呢？」小薰疑惑的看著香草。

「因為香草平常很少有機會跟人類說話，可能有點累了吧！」露歐卡神色自若的回答，再度將香草收進了披風。

「任務已經完成，我們快點回家，坐上掃帚吧！」露歐卡先坐上了掃帚並提醒小薰。

「好！」小薰用響亮的聲音應和。

兩人輕盈的飛到空中後，小薰迫不及待的說：

「妳可以告訴我關於魔法世界的事情嗎？妳也有去魔法學校上學嗎？」

聽見「學校」這個詞，露歐卡的心情一下子沉到谷底。

「以後再跟妳說吧！」

「喔，魔法學校的事是我從魔法大道上的店員姐姐那裡聽來的。」

那妳是怎麼學會魔法的呢？一出生就會了嗎？」

小薰的問題接二連三的冒出來，露歐卡忍不住回過頭，盯著小薰冷冷的說：「我告訴妳，魔法根本就不是妳所想像的那樣。」

露歐卡的反應讓小薰大驚失色。

「啊，是嗎？但魔法師不是可以輕輕鬆鬆就做到很多事情嗎？」小薰不死心，繼續追問。

「要是像妳之前那樣子，不懂得如何運用，就算有魔法，不也是陷入了麻煩嗎？」

小薰頓時啞口無言，但還是努力辯解：「那是因為……我對施展魔法一竅不通。」

「如果是這樣，那妳也學會魔法不就好了嗎？」露歐卡說。被露歐卡這麼說，小薰瞪大眼睛忿忿不平的回應：「能運用魔法的話我當然想呀，但我又不是魔法師！」

說著說著，她們已經飛到了小薰的房間。她們乘著掃帚從打開的窗戶飛進房間裡。

降落後，露歐卡取出了魔法卡片。

「妳不是有這張卡片嗎？」

魔法卡片在露歐卡纖長的手指間，閃耀著光芒。

5 兩人的約定

「這個……」小薰慌張的拉開書桌抽屜確認，才發現魔法卡片早就不翼而飛了。

「妳想運用魔法嗎？我就把這張卡片送妳吧！這樣妳就可以去魔法大道盡情的購買魔法道具了。」

「咦？但我又不是魔法師，這麼做真的沒問題嗎？」小薰充滿疑惑的詢問露歐卡。

這時，香草突然從露歐卡的披風裡跳了出來，不停舞動著四肢，像是想說點什麼。

露歐卡趕緊把香草再塞回到披風裡。

「沒問題啦！反正不會有人發現。」露歐卡聳了聳肩。

「因為我是一個優秀的魔女，不必去魔法大道買道具就能施展出各種魔法，我根本就不需要魔法卡片。」

「真的可以送我嗎？」小薰眼中閃爍著期待的光芒，拉著露歐卡的手詢問。

「謝謝妳！我超級開心的！露歐卡妳人真好！」

這句話又讓露歐卡感到意外。

「人很好？我嗎？」從來沒有人這樣稱讚過露歐卡。

「機會難得，我們要不要一起去魔法大道逛街呢？」

「我們？一起？」

小薰點點頭，以理所當然的語氣回答：「因為，比起一個人去逛街，跟朋友一起去會更開心呀！」

「朋友？我跟她是朋友？」露歐卡心想。

學校裡的同學都會結伴去逛魔法大道。可是，從來沒有人邀約露歐卡一同前往。而現在……居然有人邀她一起去逛街，還說她們是朋友？

此刻，露歐卡的心情十分複雜。

「嗚嗚嗚！」香草又從披風裡跳了出來，用牠短短的手按著緊閉的嘴巴。

「露歐卡，香草看起來好像很難受，妳要不要幫幫牠呀？」

聽見小薰的話，露歐卡心不甘情不願的解除了施加在香草身上的魔法。

「露歐卡妳這孩子……」

話說到一半，香草從蓬鬆的毛皮中，掏出一個小小的沙漏。

「糟了！已經快要一個小時了！」香草高聲大喊。

沙漏上面只剩下為數不多的沙了。

「我要回去了。」

露歐卡拿著掃帚正打算起身，小薰急忙說：「等一下！」

露歐卡回過頭。

「我們一定要一起去魔法大道喔！」小薰豎起小指。

「這是什麼意思？」

小薰見露歐卡疑惑的樣子，不禁笑了出來。

「也對喔！露歐卡在魔法界，所以才不知道。」

小薰將露歐卡的小指與自己的小指勾在一起。

「在人類世界，當我們要定下重要的約定時，就會這樣做喔！」小薰解釋完之後，一邊搖著手，一邊唱起歌來。

打勾勾，做約定

不遵守約定的人，

鼻子會變得很長很長！

最後，小薰鬆開了手指，露出了開心的笑容。

約定好了！

「再見了，露歐卡，一定要一起去喔！」

露歐卡看著自己的小指，感覺自己被施加了「一定要遵守約定」的魔法。

「露歐卡，該走了！」香草催促說道。露歐卡一時慌張，還不小心把披風掀開來。

就這樣，露歐卡乘上魔法掃帚，朝窗框用力一蹬，向外飛去，離小薰越來越遠了。

呈現著南瓜湯般顏色的天空中，露歐卡的頭髮迎風飄揚，身影逐漸遠去。

「小薰真是個奇怪的人呢！」

露歐卡回過頭，遙望著人類世界裡那越顯微弱的城市燈火。

「她真的把我當作朋友嗎？還是只因為我是魔女，所以對我抱持著好奇心而已呢？」

從小到大，露歐卡從來不曾遇過像小薰這樣，輕易就把「跟我當朋友吧」掛在嘴邊的人。因此，露歐卡不確定小薰是不是真的想跟她成為朋友。

「露歐卡！沒時間讓妳悠哉悠哉在天空飛了。趕快畫出魔法陣！時間剩不多了！」香草指著就快要漏光的沙漏叫道。

「真是囉嗦，我知道啦！」露歐卡輕嘆一口氣，拿出魔杖。

就在香草的沙漏幾乎要全部漏光的那一刻，露歐卡飛進了閃耀著光芒的魔法陣中。

「她下次什麼時候會去魔法大道呢？」

隔天，露歐卡心不在焉的想著關於小薰的事情。

「露歐卡！」香草氣沖沖的豎起全身的毛，在露歐卡面前的桌子上，激動的跳來跳去。

「昨天驚險趕上了。下次再有這種事，我可不奉陪。勸妳別想著再到人類世界去了。」

露歐卡瞥了香草一眼，用鼻子向牠冷冷的「哼」了一聲，又把頭轉回去。

「要怎麼做都是我的自由吧？先別說這些了，把鏡子借我一下。我想看看那個女孩把帽子還給朋友的景象。」

露歐卡這番話，讓香草氣得不停揮動自己短短的四肢。

「就說不行了！我的鏡子一天只能使用一次，不准用在那種地方。」

「喔，是喔，那算了。我現

在就自己一個人去人類世界看看好了。」話剛說完，露歐卡就準備起身，香草驚慌失措的抓住露歐卡的披風。

「等……等一下！沒有申請許可就連續前往人類世界，我從來沒聽過這麼荒唐的事！」

香草的耳朵無力的垂了下來。

「哎呀！真拿妳沒辦法。」只聽見香草喃喃自語。

牠從蓬鬆的絨毛裡面取出了鏡子。

「只能用一下下喔！」

露歐卡立刻用香草的鏡子察看人類世界。

在鏡子裡面，映照出一個戴著乾淨帽子的女孩，還有兩個女孩在旁邊十分開心的笑著，小薰被她們圍在中間。

「真的恢復成原本的樣子了！」

「謝謝小薰！」

小薰笑容滿面，眼睛都瞇成一條線了。

「哎呀！小事啦！這一點也不難。」

聽見小薰這句話，露歐卡很不服氣。

「什麼？居然說這一點也不難？妳之前明明還那樣拚了命的拜託我！」露歐卡對著鏡子氣沖沖的說。

「露歐卡，怎麼了？怎麼這麼生氣？」香草好奇的探頭看向鏡子。

「這女孩也太得意忘形了吧？而且明明已經有很多朋友，竟然還說要跟我當朋友。」

香草聽見露歐卡這麼說，忍不住噗哧一笑。

「我說妳呀，又沒有限定每個人只能交一個朋友。那個人類女孩有這麼多朋友，也不是什麼大事吧！」

露歐卡沒有預料到香草會這樣回應她，頓時無言以對。

「這道理我也知道啊！」

香草觀察著露歐卡的表情，臉上露出了笑容。

「哎呀！露歐卡，妳該不會是吃醋了吧？」

露歐卡翻了個白眼，若無其事的說：「說什麼傻話？我這麼優秀怎麼可能吃別人的醋！」

結果，香草突然板起一張臉，十分嚴肅的說：「聽好了，露歐卡，以後不能再去找那個女孩。」

「這句話是什麼意思？」露歐卡非常驚訝，看著香草。

「妳應該很明白才對。無論是擅自前往人類世界還是出手幫助人類，都是違反規定的舉動，要是被發現了怎麼辦？」

「真是的，你別再管我的事了！」露歐卡說完後，舉起手把鏡子扔了出去。

「啊啊啊，妳竟然這樣對待我重要的鏡子！」

香草急忙衝出去撿鏡子。

「對每件事都有意見，真的很煩人！」露歐卡朝著香草做了個鬼臉。

「她什麼時候會再去魔法大道呢？」露歐卡專心盯著自己的小指，默默的想著。

「和朋友一起去逛街，到底是什麼感覺呢？」

此刻，露歐卡的心情欣喜不已。

（待續）

打勾勾，妳也有
跟別人做過這個動作嗎？
原來人類世界裡也有
不可思議的力量。

不過，那個女孩是怎麼了呢？
只要仔細閱讀「跳轉時鐘」的
使用說明書，就能夠善加運用啊！
說明書的背面也寫得很詳細呀！

魔法筆記

這個時鐘借助柯羅諾斯
與卡伊洛斯的力量所製成。
柯羅諾斯掌管著依指針前進的正常時間，
卡伊洛斯掌管著對你來說別具意義的時間。
請務必要遵守使用方法。

想快點製作出魔法藥！
8小時
快速

柯羅諾斯

掌管時間的神。
名稱來自希臘語 χρόνος，
意思是「時間」。
柯羅諾斯時間：
會隨著指針轉動的刻度而改變時間。

想讓重要物品恢復到記憶中的模樣

卡伊洛斯

掌管機會與決定性瞬間的神。
名稱來自希臘語 καιρός，
意思是「關鍵時刻」。
卡伊洛斯時間：
會隨著操作者的想法而改變時間。

—— 你會如何運用時間的力量呢？

為大家介紹
魔法世界

魔法房間

香草的
使魔筆記

露歐卡的任性妄為令我非常困擾。
我身為一個厲害的使魔，
得做好萬全準備，
所以認真觀察了她們兩人。
偷偷給你們看我做的筆記喔！

Vanilla`s Note Book

小薰

生日

5月23日

血型

B型

嗜好

蒐集可愛的文具。

我也想要一個彩虹色的橡皮擦。

露歐卡
正在追蹤的
人類

最近的興趣

每天彈鋼琴。

感覺很好玩！

喜歡的事物

- 顏色 深粉色、檸檬色
- 動物 狗
  似乎很想養
- 科目 國語
  喜歡閱讀故事
- 食物 蛋包飯
  最多可以吃三碗

！！！注意！！！

經常邊睡邊笑。
雖然看起來有點恐怖，
但大家不用太驚訝。

咦！什麼時候
觀察的呀？
全都說對了！
香草，拜託你
不要這樣！

Vanilla`s Note Book

露歐卡

生日

2月19日

血型

A型

最近的興趣

用我的鏡子
觀察人類。
超困擾！！

嗜好

蒐集有星星圖案
的小東西。

特別喜歡
手鍊和別針。

是我
第14位
主人的
獨生女

喜歡的事物

- 顏色　薰衣草紫色
- 動物　倉鼠
  因為跟我很像！
- 科目　擅長所有魔法的科目
- 食物　鬆餅
  蜜歐娜大人偶爾會製作。

獨家秘密

其實是個
好女孩。

故事館 042

魔法少女奇遇記 2：連結友誼的跳轉時鐘

ひみつの魔女フレンズ2巻　心をつなぐ、時間の魔法

作　　者　宮下恵茉
繪　　者　子兔
譯　　者　林謹瓊
語文審訂　曾于珊（師大國文系）
副總編輯　陳鳳如
封面設計　張天薪
內頁排版　連紫吟・曹任華

出版發行　采實文化事業股份有限公司
童書行銷　張惠屏・侯宜廷・張怡潔
業務發行　張世明・林踏欣・林坤蓉・王貞玉
國際版權　施維真・劉靜茹
印務採購　曾玉霞
會計行政　許俽瑀・李韶婉・張婕莛
法律顧問　第一國際法律事務所　余淑杏律師
電子信箱　acme@acmebook.com.tw
采實官網　www.acmebook.com.tw
采實臉書　www.facebook.com/acmebook01
采實童書粉絲團　https://www.facebook.com/acmestory/

ISBN　978-626-349-569-2
定　　價　320元
初版一刷　2024 年 3 月
劃撥帳號　50148859
劃撥戶名　采實文化事業股份有限公司
104台北市中山區南京東路二段95號9樓
電話：(02)2511-9798　傳真：(02)2571-3298

國家圖書館出版品預行編目資料

魔法少女奇遇記 . 2, 連結友誼的跳轉時鐘 / 宮下惠茉作 ; 子兔繪 ; 林謹瓊譯 . -- 初版 . -- 臺北市 : 采實文化事業股份有限公司 , 2024.03
192 面 ; 14.8×21 公分 . -- (故事館 ; 42)
譯自 : ひみつの魔女フレンズ . 2 巻 , 心をつなぐ、時間の魔法
ISBN 978-626-349-569-2 (平裝)
861.596　　113000294

Himitsu no Majo Friends 2 Kokoro wo Tsunagu Jikan no Mahou